季節の小箱

～第二集 命のすべて～

増田浩二

結婚四十一年目の妻へ

季節の小箱　〜第二集　命のすべて〜　もくじ

Ⅰ　長寿　5

リボン　6
青空がまぶしいね　7
プロポーズ　9
あくび　10
温かなカーペットの部屋で　11
りんご　ひとつ　12
こんな魔法が使えたら　13
糸でんわ　14
泣く音　15
桜の川　17
花のあと　18
せんたくものがよく乾く　19
セ　21
在るはずの　23
やさしい雨になるまで　25
おだやかな一日　27
悲しみ　29
迷いのカプセル　30
ぽとり　32

牛を見る人　33
吉報　35
心の場所　36
長寿　37
百年先　39
もう少し生きてから　41
あの星が降りてきたら　43
手をつないで歩いていく　44

II　命のすべて　47

季節の小箱　48
夢の種　49
陽ざしがこんなに温かい　50
ハートライン　51
ここへ　おいで　52
星がここまで降りてきたから　53
十月二十日　55
ひかりのしずく　56
しゃぼん玉　とんだ　58
命のすべて　59
遠く離れて　60
なきうさぎ　62
88

Merry Christmas Darlin' 63
いちばん大事なこと 64
いつか、また 66
また明日 67
朝風 68

III 妻との四日間 69

生きてください 70
妻との四日間 72
少しだけ動いた指 83
米粒くらいのハーゲンダッツ 84
私は私の人生を 86
ばあばはお空へ行ったの 87

■作品を動画でも楽しめます

タイトル下の二次元コードをスマートフォン等のカメラで読み取り、リンク先をタップするとYouTube動画を視聴できます。ぜひご覧ください

I

長寿

リボン

プレゼントが嬉しいのは
もらって得をしたからではなくて
プレゼントが嬉しいのは
あなたが私を思ってくれた時間の長さと
これを手に入れるためのあなたの鼓動が
リボンのもとに上手に結わえてあるから

この結び目は鋏で切らずに
ゆっくり　ていねいに　　ほどこう

青空がまぶしいね

青空がまぶしいね
今まで少しも気づかなかった
下ばかり向いて歩いていたんだ
どんなに晴れた日でも

君のくれた言葉に顔をあげて
もう一度聴こうと君を見つめた
そしたら世界は明るくなって
急に僕の前に開けていった

君がそこにいる
生きてる　笑ってる
僕はもう幸せになっている

雨つぶも温かい
今なら濡れても大丈夫だよ
傘から飛び出す勇気がなかった
どんなに責められても

君がくれた言葉は少し痛い
でもそれはほんとの言葉だったよ
両手でハートを支えてくれる

それがわかったから僕も笑った

君がそこにいる
生きてる　笑ってる
それだけで世界が味方になる

僕にもできるかな
君がしてくれたように
誰かの手をとって
大丈夫だよって
やさしく強く言いたい

君がここにいる
生きてる　笑ってる
それだけで世界が味方になる
僕はもう幸せになっている

プロポーズ

貴方のてのひらの上で
春が眠っている
春が落っこちないように
私が手を添える
貴方は少し照れながら
春の温もりを
私の手に分けてくれた

心を言葉にしてみれば
勇気は後からついてくるから

本のどこかに書いてあったと
曖昧な記憶を頼りにして
未来を貴方にたずねてみた

私のてのひらの中で
春が広がっていく
春があふれ、こぼれないように
貴方が手をそえる
私は少し照れながら
春のときめきを
貴方の手に注ぎ込んだ

あくび

君が小さくあくびをした
風がやんだおだやかな海を見ている
たいくつなのかな　僕は少し心配になる

たいくつじゃないの　うれしいの
だって悲しい時は　あくびは出ないもの

たしかに　そうだね
泣きながらあくびができるのは
人生の険しさをまだ知らない赤ちゃんだけだ

二人でいると気持ちが落ち着くの
あなたは温かなお布団みたい

言い訳の達人が
今度は少し大きな　あくびをした
幸せなんだよね　僕は少し安心する

傾けた君の頭が僕の肩にふれた
僕もひとつあくびをする
あくびが伝染するたびに
幸せも広がっていくみたいだ

温かなカーペットの部屋で

あなたが気づかないような
誰の目にも見えないような
とっても薄いカーペットを今日一日編んだよ
それを見てあなたは幸せそうに笑ってくれた

毎日、毎日
ずっと編みつづけるから
気づいた日には笑ってね
たまにはいっしょに編んでみようよって

いつかこの薄いカーペットが
目に見えるくらい厚くなって
手で感じるくらい温かくなって
笑い転げるほど柔らかになって

いつかこの部屋のドアをノックする
新しい命には
世界が温かな場所だって
生まれた日から教えてあげるの

りんご　ひとつ

そうだね
君には二つの手があるから
二つのりんごを一度に持てる
でも
りんごがひとつだけだから
あいている手の袖口をつまみ
息をふきかけ　りんごをみがける
ナイフを持てば　皮もむける
何より　二つの手で持てば
大切に包むように両手で持てば
りんご　ひとつ
落として泣くことはなくなるよ

こんな魔法が使えたら

この青空を　切り取って
二回たたんで　ポケットへ
こんな魔法が使えたら
外に行けない君のベッドに
今すぐ　持っていくからね

この折り鶴を　折りあげて
羽をなでたら　大空へ
こんな魔法が使えたら
一人さみしい君の近くに
今すぐ　飛んでいくからね

この手のひらに　雨つぶを
すくって　まけば　虹の窓
こんな魔法が使えたら
くやし涙の君の心も
今すぐ　晴れてしまうよね

糸でんわ

心がぴんとはるように
しっかり耳にあてましょう

小さな声で話しても
気持ちはきっと届くでしょう

ひっぱる力が強ければ
二人は切れていくでしょう

遠慮したまま近づけば
声は糸から落ちるでしょう

見えない場所に立ったなら
心が途切れる曲がり角

いくら遠くに離れても
見つめることを忘れずに

やさしすぎずに強すぎず
二人をつなぐ　糸でんわ

泣く音

何かが違う
ような気がする
「ですよね」
同僚が言う
職場のコピー機からは
いつもと同じく鮮明に
文書が吐き出される
けれど
何かが違う

三日後
コピー機は突如死んだ

違和感を生み出していたのは
音だった
スムースないつもの音が
説明できないくらいわずかに
変わっていた
と今なら言える

三日前に
泣く音に気づいていたら

コピー機は意識を失う前に
元気を取り戻し
仕事を続けていただろう
もちろん人は泣き声をあげるから
こんなことにはならない

本当に？
今、何人の泣く音が聞こえているか

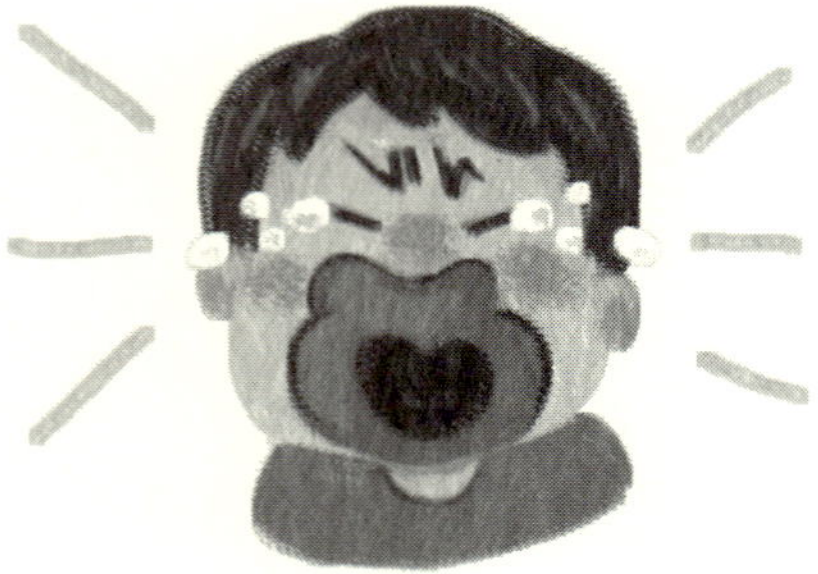

桜の川

いちばん美しい色のまま
花びらは風に舞い
行く道をさえぎるかのように
春の色で　歩む人を包んでいる

「あと　もう少し」
そんなふうに欲張らない桜は
いつまでも人の心に
美しさだけを残していく

あと何回　桜を見るのだろう
残りの人生を　花見の回数で
数え始める頃には
人は　もう　桜色の肌を
持つことのない哀しみを
想い出にくるんで
遠く西の空を見る

いちばん美しい色のまま
花びらは水面に落ち
川は絨毯のように
春の色を　ゆったりと流していく

花のあと

美しいまま　ぽとりと落ちる花
はなびらを　一枚ずつ落とす花
朽ちるまで　しぶとく落ちぬ花

何十世代も前から伝えられたやり方で
花は散ってゆく

散り方を自分で選べる権利は
人だけが与えられた幻想かもしれない

せんたくものがよく乾く

風は吹いても強すぎず
晴れといっても暑すぎず
思いがけずにおだやかな日は
せんたくものがよく乾く

昨日をなかったことにして
世間を見る目に目隠しすれば
せんたくものがよく乾く
わずかな自由の休日になる

青空の末は果てしなく
せんたくものがよく乾く
世界のどこかで飢えた子が
売られていくのを知っていても

せんたくものがよく乾く
こんな日にゆれるシャボン玉
命の重さを計っても
風に姿をさらわれるだけ

風は吹いても強すぎて
晴れたら晴れたで暑すぎて

どうにもできない毎日だけど
せんたくものはよく乾く

セ

見慣れた西の風景を初めて美しいと思った
畑の無音が耳の奥に響いた
隣人の声が優しかったと思い出した
子どもたちの声は笑っていたのだと気づいた
安眠は屋根と壁が守っていた
家の前は郵便配達の通り道だった
夏の冷たい水は御馳走だった
笑顔は作らなくても生まれてきた

別れの切なさと失う苦しさに
日常だったものを
胃液とともに何度も吐きもどしながら
それでもまた一度口にして
生きていこうとするのが生命

背伸びすれば普段見ている
世界も変わると言われていたけれど
正義の代わりに見えたのは
瀬切れした人の進化だけ

戦車も砲撃もいらない
戦勝も敗北もいらない

すべて散る前に知るべきこと
すべて散る前に伝えておくべきこと

在るはずの

ドーナツを食べた
ドーナツが消えた
ドーナツの穴も消えた
誰にも食べられるはずのない
あったはずの穴が消えた

穴には誰も触れられない
指を入れれば突き抜けるだけ
触ったこともないくせに
僕らはそれに名前をつけた

絵に描けるのは穴から見える
向こうの景色だけなのに
名前をつけたら安心して
僕らはあると信じ続けた

穴の向こうに見える
君の笑顔がただ嬉しくて
恥ずかしいからやめてと言われても
子どものように穴を覗いた

ドーナツを食べてしまえば

ドーナツの穴もなくなるなんて
そんなこと誰に話しても
面倒臭いと一蹴される

ミサイルが落ちた
あの町が消えた
あの町の日常も消えた
誰もがあることさえ忘れていた
在ったはずの平和が消えた

やさしい雨になるまで

にぎりしめていなければ
乾いた風にさらわれる
この種はこんなに小さく
はかなく見えるけれど

この種の残した花は
熱い炎に焼かれて
もう二度とくりかえさない
熱い炎に焼かれて

大きな願いも小さな望みも
叫びとともに空にのぼった

つらく冷たいできごとが
なくなる日まで祈り続ける
この世界に降り注ぐすべてのものが
やさしい雨にかわるまで
やさしい雨になるまで

にぎりしめたその指を
ゆっくり風にまかせたら
ひとつずつ開いて　誰かと

いっしょに種をまこう

この種の残した花の
求めた水がいつでも
もう二度と絶えることなく
あふれる世界を信じて

大きな願いも小さな望みも
一人だけではかなえられない

つらく冷たいできごとが
なくなる日まで祈り続ける
この世界に降り注ぐすべてのものが
やさしい雨にかわるまで
やさしい雨になるまで

おだやかな一日

切り取った誰かの悲しみ
スローなテンポの殺戮
晴れ渡る遠くの青空
耳を突き抜ける爆音

移り気な画面は
いつしか　はしゃぐ笑い顔を映して
もう　誰も長続きしない
ニュースの奏でる悲しみ

誰かを責めたりできない
僕も　僕も　本当は
君との別れを
いちばん悲しいと感じている

おだやかな一日が
いつか誰の心にも訪れ
涙も　ため息さえ
なくなる日は来るのか

言葉はとても簡単に
人を救うふりをする

けれども　みんな気づいている
悲しみは分けられない

切り取った遠くの悲しみ
血の匂いのない殺戮
涙も　ため息さえ
すぐに消える一日

悲しみ

悲しみは
深い悲しみは
あまりに深い悲しみは
静寂の底に沈み
水面には波も立てない

雨も終わり
雲の切れ間から
光さす海を
何も知らぬ船が
何隻も通りすぎる

悲しみは
目覚めもせず　眠りもせず
静寂の底に沈み
水面には波も立てない

迷いのカプセル

真夜中のふるえ出すひざ
沈黙を恐れて
雨の降る画面を探し
ボリュームをあげる

迷いのカプセルを飲みほせないで
自分を消す術をまだ探している

真実とそれを隠す手
どちらかが傷つく
あきらめる時をのがせば
ぬけがらにかわる

迷いのカプセルを飲みほせないで
自分を消す術をまだ探している

独り言くりかえすたび
どこまでが昨日で
どこまでが悲しみなのか
消えてゆく記憶

迷いのカプセルを飲みほせないで

昨日の消し方をまだ探している

真夜中のふるえ出すひざ
くりかえす迷いと
この星の自転の癖が
やがて朝を呼ぶ

ぽとり

雨水　ぽとり落ちて
葉脈に沿い流れ　葉先に泊まる
友の到着を待ち
振られ　ぽとり　また　落ちる

雨水　ぽとり落ちて
アスファルトに跳ねた
最大が一瞬で最小になり
空に還る準備をする

言葉を差し込まれることで
人の心は傷つくけれど
剣の刃先を差し込んでさえ
水は傷つかない

人の気持ちがぶつかり合えば
傷跡を残すこともあるけれど
水は打たれても汚れても
地球を巡れば元通りになる

雨水　ぽとり落ちて
土に染み　消えた

牛を見る人

夕ぐれの牛舎の前
彼は毎日牛を見ている
仕事帰りのようだ
決まって同じ時刻同じ時間
決まって同じ場所同じ方向
彼はじっと牛を見ている

散歩する人はみな彼を見て立ち止まり
意味のあることかと
心の中で彼に問う
走る私も彼を見て立ち止まり
意味のないことなのかと
つぶやきながら自分に問う

私は彼を見ながら
「人」という枠の中で
生きることについて
思いをめぐらせている
だとしたら
彼は牛を見ながら
「生きもの」という大きな枠の中で
生きることについて

思いをめぐらせているのかもしれない

顔をあげると夕ぐれの空は
彼と牛を
そして私を
宇宙に溶け込ませようとするかのごとく
星をまぶしはじめた

私は一つ深めに息を吸い
彼が牛舎の前を立ち去ることを確かめずに
また走り出した

吉報

ある夜、突然
友人から吉報が届く
置いたばかりの受話器が
大切なものに見えて　もう一度触れた
プレゼントにあれこれ思いはめぐり
添える言葉がいくつも湧き上がる

さっきまで　行き詰まって
泥のように死にかけていたはずの心が
スパンと目を覚ましている

いつだって
自分の力だけで立ち直るのは難しい
だから　そんな時　友人の声はいい
わけても
幸せになったばかりの友人の声は
とてもいい

この吉報を
もう一人の友人に伝えるため
受話器を上げた

心の場所

横断歩道の少し前
ブレーキを踏みなおし止まる
歩き出そうかと迷う人に
どうぞ　お先にとサインを送れば
にっこり笑うまなざしがまぶしい

もしかしたら　この世界には
言葉なんていらないのかもしれない

愛が奏でるのは
ひとときの幸せではなく
命ある限り永遠に続く
ふつうの日々の中
笑顔で増えてく　しわの数かな

もしかしたら　この世界には
奇跡なんていらないのかもしれない

送る気持ち　受ける気持ち
見てる気持ち　聞ける気持ち
心の場所が確かにあれば
世界はしだいに温かくなる

長寿

モーツァルトは存在する
しかも世界中に偏在する
奏者が心を熱くするたびに
聴者が安らぎをおぼえるたびに

ナイチンゲールは存在する
名前を忘れられた部屋にも
重労働の中でほほえむ看護者の支えとなり
そのぬくもりは白いベッドに伝わる

祖母は存在する
地域は限定されているけれど
言葉で私に厳しさを教えた祖母は
背中で私に優しさを教えた祖母は
少なくとも私の肉体が滅びるまで
この世界で生き続けていく

誰かの心を支えている存在が
それ自身の肉体の時間を越えた時
それを私は長寿と呼ぼう

私の人生は、

本当に誰かの心を救けたことがあるだろうか
そして、今、
私は誰かの心を支えているだろうか

百年先

空が青いから今日は幸せ
いつも君は
そんなふうに言う
そもそも幸せというのは
そう言いかけた僕に
君が空を指さす
そこには雲が流れていた
光の波に息を合わせると
風の呼吸は欠伸になり
駆け足だった生活は
人生の歩みに変わる

百年先の空の色を
心配している人たちに
その頃すでに貴方はいないだろう
そう言っていた幼い時代が懐かしい
君と出会って
ひとときが永遠だとわかってからは

空が青いから今日は幸せ
いつも君は
そんなふうに言う

百年先の空の色を
君も僕も見られないけれど
こんな風に青かったらいいな
きっと誰かが幸せになる

もう少し生きてから

ほどけない
昨日みつけた小さな箱
ほこりをふいたら
見おぼえのある　くり返しの模様
かたくしばった　ひも

ほどけない
何を入れたのだったっけ
頭も心も応えない
たしか　ちょっとつらくて
でも　捨てられなくて

ほどけない
自分が傷ついたのかしら
あなたを傷つけたのかしら
どちらにしても　もう二度と
会えないことだけが　確かな事実

ほどけない
いつか　この箱をあけても
心の耐えられる日が来ると
きっと　そう思って

この箱に入れたのだろう

ほどけない
その時から　自分はどれだけ
強くなったというのだろう
強くなる、というのは　この箱のように
汚れることかもしれない
切ってしまえば　それですむ
はさみがあるから　かんたんに
きっと　そう思って
何度切ろうとしたのだろう

ほどけない
まだ　もう少し生きてから

ほどけない
もう少し生きてから

あの星が降りてきたら

あの星が降りてきたら
ゆっくりと　あいさつして
朝が来て　消える前に
もう一度　仲よくなろう

あの星が降りてきたら
一日に　起きたことを
じゅんばんを　まちがえずに
ひとつずつ　聴いてもらおう

あの星が降りてきたら
静けさを　かこいにして
産声を　思い出そう
二人して　幸せな頃

あの星が降りてきたら
この空の果ての事を
少しずつ　わかるように
丁寧に教えてほしい

あの星が降りてきたら
朝が来て　消える前に

手をつないで歩いていく

たった一人で生まれて
たった一人で死んでいく
そうとしか思えない時代が
誰にでもあるのだろうか
何十億もの人が
世界に生きているけれど
出会える人は
そんなに多くないんだよね
手をつないで歩いていこう
君の手が　僕の手が
今ここにある
いつもどちらかの温もりを
確かに届けながら

文字や言葉も
いつかは人の心に届くけど
まなざしや抱きしめる強さに
かなわないことを知ってる
何十年もの日々が
急いで過ぎていくけど
積み重ねたら
少しは人生になるのかな

手をつないで歩いてゆけば
どちらかのスピードで許し合えるね
涙こぼれても
温もりを　確かに感じながら

いつか消えることはあるだろうか
それでも
季節は悲しみの色を変えていく

手をつないで歩いていこう
君の手と僕の手が呼び合っている
ささやきよりも
ずっとそばに
互いを感じながら

Ⅱ　命のすべて

季節の小箱

季節の小箱から
梅雨の空を引き出して
君が生まれた五月の風を
大切にしまい込む

君の手の中には
春の匂いが残っていて
僕と指切りしたとき
そっと逃げ出していった

二人飛んでみたくなるほど
やわらかな春の空
覚えていようね
熱く燃える前の静かな春の一日を

夢の種

手のひらをひろげてみようか
力を入れなくていいよ
夢の種　こぼれないように
そっと抱いていてね
心のスクリーンに映せる夢なら
全部かなえられるよ
もっともっと声を聞かせて
君の言葉　全部好きだよ
もっともっと話をしよう
君の明日は僕らの未来

大好きなことは何でも
みんなを幸せにする
夢の種　芽生える季節は
ほら　もう　すぐそこだよ
つないだ手が　こんなに温かいから
いつもいっしょに行こう
もっともっと声を聞かせて
うれしいこと　全部並べて
もっともっと話をしよう
君がいるから一つの世界

陽ざしがこんなに温かい

陽ざしがこんなに温かい
大きな背中を追いかけて
ペダルを踏むたび軽くなる
あなたといっしょだから
四月になると空の色は
とても　やわらかなブルー
幸せの色で
今日は　おしゃれをしてみたいな

二月のまぶしい約束を
三月十日の風に乗せ
菜の花畑の幸せを
みんなに届けに行こう
四月になると風の歌も
とても　やわらかなブルー
幸せの色で
二人の　服を作りたいな

ハートライン

今　すぐ　会いたい
今　声が　聞きたい
他に何も考えられない
そんな二人だから　いっしょに暮らそう
生まれたばかりの愛が　手のひらで
ほんの少しだけ　はずかしそうに　笑っている
どんな夢を見て　明日は来るかな
語り尽くせない　二人だけの時を
これから　きざもう

ひまわりみたいな
笑顔が好きだから
雨の朝も　虹に変えてゆく
強い気持ち　持って　歩いてゆきたい
生まれたばかりの愛が　いつの日か
この星をめぐる風に乗って　広がってゆく
どんな夢を見て　明日は来るかな
語り尽くせない　二人だけの時を
これから　きざもう

ここへ　おいで

市場にあふれる声
ゆりかもめは波を越え
見上げれば高草山の
二月の雪が春を呼ぶ
だから
ここへおいで　どんな時も
焼津の町　元気だから
君のために　どんな時も
ずっと　ずっと　温かいから

ならいの風が吹いて
雨が降り時化る日も
港は世界に向けて
両手をいつも広げてる
だから
ここへおいで　どんな時も
焼津の町　元気だから
君のために　どんな時も
ずっと　ずっと　温かいから

星がここまで降りてきたから
~日本平ホテルでプロポーズ~

微熱のある日は　未来が少しだけ
滲んで見える　もしも一人きりなら
丘の上にのぼったら
海が空まで広がっていた
大切な人となら　明日が見える
この世界が始まる時　ちりばめられた
星が今も同じ場所で輝いている
今夜は奇跡も信じられる
星がここまで降りてきたから

こっそり泣いたら　涙は戻らない
二人でいるから　涙も星になる
照れ隠しで笑っても
素直な気持ちがうれしいから
いつまでも　その名前　呼んでいたくて
この世界が終わる日まで　守り続ける
赤いバラに隠れていた星のひとつを
約束の指に　そっと飾ろう
星がここまで降りてきたから

この世界が始まる時　誓った言葉を

枯れることのない白い花びらに
永遠に刻んで
二人の愛が動き始める
星がここまで降りてきたから
ずっとこの手を離さないで

十月二十日

素直な気持ちになれるから
ずっと一緒に歩こうと決めた
二人がそれぞれに描いてきた夢が
世界を満たすほど　あふれていても
明日叶う夢と果てしない未来は
一枚の布に染めて

生まれた　その日の喜びを
知っているのは自分じゃないから
二人がそれぞれに歩んできた道を
いつも守るように照らしてくれた
温かな光を　この胸に灯して
新しい道を歩く

いつも　その笑顔を　信じていけるから
雨の日も涙も　そっと抱きしめ
明日叶う夢と果てしない未来を
大切に育ててゆく

ひかりのしずく

会いたくなったから　名前を呼んでみた
それだけで世界中　明日の色が変わった
見つめてきたものは　互いに違うけど
今日からは　同じ歌　いっしょに覚えて歌う

つないだ　この手の温かさを
感じられるように　いつでも　そばにいる

奇跡のようなひかりのしずくが
二人の間に降り注いで
無邪気に笑う　その声がいつか
歌に変わるまで　ずっと抱きしめていたい

小さな日曜日　重ねていったなら
何気ない一言も　静かな温もりになる

素直な気持ちで　見つめ合えば
今しかできない　大事なことがわかる

そよ風が吹き　梢を揺らせば
新しい声が聞こえてくる
無邪気に笑う　その声がいつか

歌に変わるまで　ずっと抱きしめて

奇跡のようなひかりのしずくが
二人の間に満ちあふれて
無邪気に笑う　その声がいつか
歌に変わるまで　ずっと抱きしめていたい

しゃぼん玉　とんだ

赤いほっぺを　ふくらませて
力を入れすぎないように
もっと　ゆっくり　もっと　大切に
ほら　ほら　小さな　しゃぼん玉

雲の白さが　映るように
大きなおひさま　すいこむまで
もっと　大きく　もっと　大切に
ほら　ほら　ゆれてる　しゃぼん玉

しゃぼん玉　とんだ　風に姿をさらわれぬように
大きな顔の　電信柱さん
ねえ　少し　よけてくださいな

夏の青空　映るように
きれいな虹が　できるように
もっと　高く　もっと　遠くまで
ほら　ほら　おしゃれな　しゃぼん玉

しゃぼん玉　とんだ　風が心をノックする前に
仲よくならぶ　ひまわりブラザーズ
ねえ　少し　よけてくださいな

命のすべて

命のすべてを　両手で包めるほど
小さかった頃から
君は　よく笑ってくれた

君を守り抜けたら　人生は　それでいいと
思った　冬の日　星がしずくになった

選べない道なのに　涙　見せずに
闘い続けた君を　誇りに思う

君を守り続ける人が現れた今は
笑顔も　涙も　全部　預けるから

命のすべてが　両手で包めるほど
新しい希望が　二人に宿るように
二人を満たすように

遠く離れて

涙に応えたら　そこで終わる
わかっていたから　ただ黙っていた
誤解とすれちがい　そして　言い訳
苦しくて　切なくて　時が止まる

窓を少しずつ覆うくもり空
風だけが声をからし　ぬくもりを奪う

愛がさめたと勘違いして
遠く離れることを望んだ
互いの背中　見ることもなく
ドアが閉められる

鏡にはねかえる　冷たい声
響いて凍り付く　広すぎる部屋に

いつしか　自分だけ　手を汚さずに
君だけを　責め立てた　寒い時間
窓に映る灯りは美しいけれど
ガラスはとても冷たく　指先を拒む

遠く離れて　初めて見える
本当の君を愛しく思い
形の愛に　こだわってきたことに
今　気づく

窓を音も立てず　たたく　白い雪
過去の形を消すほど
降り積もってゆく

これが愛だと　気づいた時に
すぐに素直になれる勇気と
偽りのない強い力で
君を抱きしめる

なきうさぎ88

神様の作った小さな日だまりが
だんだん少なくなってゆく
冬は近いけれど

毎日ひとつずつ集めたやさしさが
今では部屋中満ちあふれ
雪を愛にかえる

小さな幸せだけど　二人で温めて
小さな幸せだからこそ
あなたと守りぬく

きたこぶしの花のつぼみの開く音
氷の下には
せせらぎの生まれる声がする

長い長い冬が結び目をほどいて
大切にしまった季節の小箱をあけてゆく

小さな幸せだけど　二人で温めて
小さな幸せだからこそ
あなたと守りぬく

Merry Christmas Darlin'

いつかあの日のことが思い出という名の
化石みたいになるかな　氷に閉ざされて
何万年たっても愛は変わらない
オンザロックで溶かせば　やさしい音になる

降り始めた雪のひとつひとつは
すぐに消えてしまうけど
あきらめず　重ねれば　愛も形になる

Merry Christmas Darlin' 雪の日も暖かい
Merry Christmas Darlin' いつまでもそばにいる

いつか二人のことは　歴史の片隅に
忘れられて消えてゆく　名前も面影も
形は見えなくても　愛は終わらない
風は　ほら　歌いながら　世界を駆け巡る

今日生まれたあの人みたいに少しさみしい瞳で
あふれるほど幸せをふりまけないけれど
Merry Christmas Darlin'　二人なら温かい
Merry Christmas Darlin'　いつまでもそばにいる

いちばん大事なこと

時々　けんかもしたけれど
いつもあなたが先に
笑って振り向いてくれたよね
だから素直になれた

あなたと暮らした毎日を
全部思い出せるよ
両手をあわせて作り上げた思い出が
あふれてる

あなたのやさしさが
私に勇気をくれたのかな
あなたの笑顔は
大切な私の宝物

どんなに小さなできごとも
けして忘れないから
アルバムのページが少なくて
思い出がこぼれてく

いつかは　そばにいて
同じひとつの夢を見ようね

つないだこの手の温もりを
いつも忘れないよ

「心配ないよ
雨の日も　いつかは晴れるから
大丈夫」
友達の声が聞こえる

あなたのやさしさが
私に勇気をくれたのかな
あなたの笑顔は
大切な私の宝物

いつかは　そばにいて
同じひとつの夢を見ようね
つないだこの手の温もりを
いつも忘れないよ
いつも忘れないよ

共作・豊田小児童卒業式実行委員会

いつか、また

泣かない約束していたけれど
なぜだか世界が全部にじんで見える
うれしい時にも涙がこぼれること
めぐる季節を君と過ごし初めて知った
毎日歌った希望の歌を
繰り返す拍手の波が
どこまでも遠くへ運んでく
いつか、また　風は重なり
そっと世界のすべてを温める

時々けんかをしたことさえも
優しく降る雨音のように響く
知らない世界へ一人で踏み出す時
君と笑ったあの時間が勇気をくれる
一緒に歩いた明日への道
夢はまだ
手の届かない遠くで輝いているけれど
いつか、また　道は重なり
いつまでも物語は続いてく

また明日

かきねで折れる　影ひとつ
短いうちに　また明日

手をつなげない　影ふたつ
はなれぬように　また明日

ただ　かけぬけて　影みっつ
言葉足りずに　また明日

あかりほのかに　影よっつ
ゆれないように　また明日

遠くても　近くても
笑っていても　泣いていても

想い重ねて　影ひとつ
ひとつになっても　また明日

朝風〜一月二十日のこと〜

灯りを消せずに寝顔を見ていた
冷たくなってゆく君が悲しい
見上げた夜空に名前を呼んだら
短く一つだけ星が泣いた
いくつもページを戻して
温かなその手に触れたい

どうして時計は後ろへ進まず
昨日を忘れろと僕を急かす
怒った時でも優しいその声
何度も夜明けまで君を探す
いくつも答えがあるなら
まだ少し止まっていいかな

写真は笑った君だけ残して
重ねた日常がこぼれおちる
朝風まぶしく前髪ゆらせば
君なき一日が動き出して
いくつも明日が待ってる
一人では地図さえないけど
いくつも答えがあるなら
いくつも明日があるなら

Ⅲ　妻との四日間

生きてください

生きてください。このまま死んではいけません。娘の孫たちは抱っこしたけど、息子の孫とはハイタッチしただけでしょう。ようやく「ばあば」と言えるようになった孫と手をつないで散歩したくはないですか。何とか気力を復活させて、リハビリに取り組んでください。ベッドで寝ているだけの君と話すのは、もう嫌になりました。

四歳の娘が不治の病を宣告された時、僕は思わず「もう駄目だ」と言ってしまった。そして、「私は絶対にあきらめない」と言う君に叱られた。あれから三十年、一日でも長く娘の命を伸ばそうと君が頑張ったから、医学が病気に少しだけ追いついてきた。あの時はドクターから、将来娘の妊娠出産は諦めろと言われたけど、娘の子たちと会えたじゃないか。娘も頑張ったけど、やっぱり君の諦めない強さのおかげだよ。

娘と息子がまだ子どもだった僕たちの「家族の時代」は、働いて生きていくだけで精一杯だったけど、楽しいこともいっぱいあった。いろいろ思い出せるけど、まだ、君とは、昔の写真を見ながら思い出話に浸りたくはない。今の医学では君の病気の根本的治療は無理だけど、一日長く生きればチャンスは大きく広がるだろ。

ラジオの人生相談に、癌で奥さんを亡くした人が出ていた。「あなたには迷惑を掛けられない」という遺書を残して逝ってしまったと泣いていた。君がそんな選択をするとは思わないけど、日に日に気弱になっていく君の言葉に、胸の奥が落ち着かない。もう少しリハビリ頑張ろうよ。明日はリハビリの先生が来てくれる月曜日だよ。

娘夫婦も、息子夫婦も、君を旅行に連れていきたいと、いろいろ計画してくれている。二人とも良いパートナーを見つけ幸せな家庭を築いてくれて嬉しいね。僕らには敵わないけど。

だから、生きてください。

妻との四日間

火曜日の午後九時ごろ、トイレの方から「あ〜」という大きな妻の声が聞こえた。近くにいた息子と僕が駆け付けると、妻が、歩行器とともにトイレの前に倒れていた。

「ころんじゃった、痛くて動けない」と言って、じっとしている。

「何やってんの。気をつけろって言ったじゃん」怒り気味に僕は妻に言った。

二年前、娘のアパートで孫を抱き上げようとして尻もちをつき、背骨の数ヶ所を圧迫骨折したのだが、その時の痛がりようとは全然違い平気そうだったので、息子と二人で抱き起こし、寝室のベッドに寝かせた。歩行器を使っていたのは、二年前の骨折の痛みが今でも時々あり、寝ていることが多くなったため、足の筋肉が衰え、歩行のリハビリをしていたからだ。

背骨の圧迫骨折は、普通の人なら半年ほどで普通の生活に戻れるそうだが、妻は元々肝臓が悪かったので、痛み止めや骨を補強する薬が全く使えず、少し治っては、また痛み出すということを繰り返していた。

一時間ほどしても足の痛みが治まらず動かせないというので、救急車をお願いして、市立病院に連れていってもらった。

その夜の救急担当医は、たまたま、今でも二か月に一度診察してもらっている整形外科の先生だった。病院で僕たち夫婦を見かけると走り寄ってきて、「調子はどう?」と気軽に声をかけてくれる優しい先生だ。

診察の結果は、大腿骨骨折。レントゲン写真には、腿の付け根の辺りがぽっきりと綺麗に真っ二つになって写っていた。

「普通なら外科手術で歩けるようになりますが、肝臓のことがあって命の危険が伴うので、僕には手術は無理です。だから、一生、車椅子生活を覚悟してください。さらに、可哀想ですが、痛み止めも使えません」

軽い打ち身か捻挫くらいだと思っていたので、これだけで十分にショックだったが、そんなショックが吹き飛んでしまう言葉を、先生は、続けて口にした。

「骨折がトリガーになって、一気に肝臓と腎臓の数値が落ちてしまっています。今夜、逝ってもおかしくないので、覚悟してください」

肝臓に関する血液の数値がよくないことは、若い頃からわかっていたので、血液科の個人病院に月に一度、二十年以上通っていた。さらに、十年前、人間ドックで腎臓に癌が見つかり、市立病院で切除手術をしたが、その時の検査の結果、肝臓が相当痛んでいることが分かったので、それからは市立病院の消化器内科の外来に毎月通うことになった。

定年まであと四年が残っていたが、妻はここで教員を辞めた。肝臓を治すには、今のところ、生体肝移植しか方法は無いが、「子どもの肝臓をもらってまで生きたくはない」と娘や息子から移植してもらうのを、妻は拒否している。

消化器内科の先生から「肝臓の病状の進行を少しでも遅らせるよう頑張れば長生きできますよ」と励まされ、毎食時、大量の薬を飲み続けてきた。妻のあの頑張りが骨折で元も子もなくなるなんて、想像もしなかった。

妻は一晩中痛みと闘っていたが、明け方、少し眠れたようだ。痛み止めを使えず骨折の痛みに耐えている妻に、「がんばれ」くらいしか言えない僕だったが、その夜は少しも眠くならず、外科病棟の病室で朝まで妻と手をつないでいた。


水曜日の明け方、何とか妻が眠れるようになったようなので、朝七時、入院の手続きのための印鑑などをとりに家に戻った。

帰宅すると、母や息子は、「一眠りしろ」とか「シャワーを浴びろ」とか言ってくれたが、気が気ではなく、一時間後には病棟に戻り、ナースステーションに書類を出した。

午前中、家族の面会時間はなかったので、そのまま帰ろうか迷ったが、病室を覗くと妻が苦し気なのに意識がないように見え心配になったので、看護師さんに病室に入っていいか尋ねると、「一緒にいてあげて」と言ってくれた。本当に今が山場なのだと改めて感じた。

妻の様子を連絡すると息子が「会社を休んだ」と言って病室に来た。ここで息子が来てくれなければ、僕は駄目になっていたかもしれない。

息子に病室にいてもらい、娘のアパートから、娘と孫を病院に連れてきた。妻は苦し気だったが、孫のことは分かったようで嬉しそうにした。

午後になると、外科病棟から消化器内科の病棟に移った。今、この瞬間闘っている妻の主となる病名は、大腿部骨折ではなく、肝機能と腎機能の障害だからだ。

これまでも肝臓の影響で溜まったアンモニアによって意識が混濁したことがあったので、先生がアンモニアを抑える薬を点滴で入れてくれた。

前回の入院では、点滴のしすぎで、とうとう腕に針を刺す場所がなくなってしまい、妻の点滴は首から入れられていた。今回は、その刺激も危険だということで、看護師さんが必死になって腕に刺す場所を見つけてくれて、なんとか腕から点滴を入れることができた。

しかし、なかなか薬の効果が出ず、意識がはっきりしてこない。

そこに血液検査の詳しい結果が出てきた。なんと血糖値が「1」だった。娘が四歳から低い血糖値と闘っているので、低血糖の数字は見慣れている。「1」はあり得ない。

すぐにブドウ糖の点滴が始まった。

最初の点滴で、少し意識がもどる瞬間が出てきた。

今思うと自分でもなぜそうしたのか、よく分からないが、僕は、妻の古い友人二人に電話して、励ましの声をかけてもらおうとした。

残念ながら一人にしかつながらなかったが、妻の友人は、僕の説明では何がなんだかわからないであろうに、「がんばって」と妻に声をかけてくれた。

友人の声に少し意識がもどり、妻も返事をしていた。

結局ブドウ糖を三回注入して、ようやく木曜日の明け方、血糖値は百を越えた。

夜の担当の看護師さんは、まめに病室に様子を見に来てくれて、そのたびに、妻と僕を励ましてくれた。あの人数だけで、夜の病棟を守るのは大変、というより、無理がある。そんな中、多くの時間を妻にさいて優しい声をかけてくれる、こちらが安心できる看護師さんだった。

妻の意識は戻ってきたが、肝臓は、もうエネルギー補給ができる状態ではないし、食事もできないので、そのままでは血糖値は次第に下がっていく。妻は、半分眠っているような、起きているような状態だったが、時々、返事をしてくれる。可哀想なのは、骨折の痛みによってのみ、意識がはっきりすることだ。意識がはっきりしてくれるのは僕にとって嬉しいことだが、その度に妻は痛み止めのない大腿骨骨折の痛みと闘わなければならない。

昨夜の外科病棟では、骨折部を動かないように固定してくれていたが、消化器内科の病棟に正しく連絡が行っていないようで、看護師さんが床ずれを防ぐために姿勢を変えると言って、妻を動かした。

どのくらいの痛みだっただろう。

妻の悲鳴と「やめて」という僕の声が重なった。

何度もお世話になりとても信頼できる病院病棟で妻も「ここは安心できる」とよく言っていたが、今回、この連絡不足だけは、本当に残念で、妻が可哀想でたまらなかった。担当の看護師さんにそのことを伝えると、「すみません。しっかりと連絡ができるようにしておきます」と言ってくれたが、翌日も、妻が骨折していることを知らないスタッフが姿勢を変えに来た。

先生から「麻薬系の痛み止めなら効きます。その代わり、最後まで意識がぼんやりしたままになってしまいますが、奥さんのためにその薬を使ってあげませんか」と提案された。

僕は断った。

「妻は痛みとともに意識がはっきりして話すことができるようになるので、妻には我慢してもらいます」

先生から「家族の皆さんの気持ちもわかりますが、本人はとても大変なんですよ」と重ねて言われたが、僕は妻に痛みを強いた。

妻は、意識がなくなったり、痛みで意識が戻ったりを繰り返した。

息子は、ずっと妻に、思い出を語りかけていた。妻も時々、意識がもどって、返事をしたり笑ったりしていた。

午後になると「アイスが食べたい」というので、病院の売店に行った。ハーゲンダッツがあったので買ってきた。ここで安いアイスを選んだら、闘っている妻に申し訳がない。「誤嚥しないように気をつけて」とドクターから許可をもらい、アイスを妻の口に入れた。といっても、誤嚥が心配なので、一口は米粒ほど。

でも、妻は美味しいと言ってくれた。


翌朝の金曜日にも低血糖になっていてブドウ糖を入れたが、昨日ほど意識ははっきりしない。

僕と息子は先生から呼ばれて、改めて検査結果の説明を受けた。この日の看護師さんは正式な妻の担当さんで、一緒に話を聞いてくれた。この看護師さんは僕の話もじっくりと聴いてくれる人で、僕は初めて他人に、痛み止めの判断が正しいのかどうか迷い続けていることを話せた。

昨日のように三時には、おやつのつもりで今日もアイスを妻の口に入れた。昨日ほどのリアクションはない。

午後七時ごろ、突然、妻が苦しみだした。「足が痛いのか」と訊くと、そうではないと言う。妻の必死の訴えを何とか解析すると、胸から腹にかけて激痛が波のように襲ってくるようだ。どれくらいの痛みかというと、骨折して少しでも動かしたら激痛が走るはずの左足をバタバタさせて耐えようとするくらいのさらなる激痛。

僕と息子はベッドの両側から手を握り、声をかけ続けた。退院したら、ああしよう、こうしよう、と思いつく限りの楽しいことを話した。全力で話しかけたから、きっと病棟の廊下中に声が響いていただろう。

怖かったのは、この痛みを感じたまま、妻が逝ってしまうこと。それだけは神様に許してほしかった。だから、とにかく、そのまま眠らないように、声をかけ続けた。

意識が朦朧とした中、妻は痛みと闘いながら、時々「これを越えなくちゃ生まれないもんね」とつぶやいている。多分、陣痛の痛みと闘っているつもりだったのだろう。だから良かった、なんて言えないけれど、あのつぶやきは、後々、僕を救ってくれることになった。


日付が変わった土曜日の午前二時過ぎ、突然、妻の呼吸がおだやかになった。七時間以上に渡る妻の闘い。奇跡的に痛みが去ったようだった。しかし、静かに眠る妻を見て「この呼吸の仕方は危ないかもしれません」と看護師さんが妻に酸素マスクをつけた。

午前六時、夜が明けても、妻は眠ったまま。看護師さんが血糖値を測ると、五十を切っている。すぐにブドウ糖を入れると、三十分後に百二になった。でも、娘の経験から、百が絶対的な数字ではないと分かっていたので、看護師さんにもう一本ブドウ糖を入れてくれるように頼んだ。

百を越えたら追加のブドウ糖は打たないように、看護師さんは指示されていたようだった。「じゃあ、すぐに先生に訊いてほしい」と言うと、「連絡がつくかどうか」と言いながら、困っている。この時間に先生に連絡するのは避けたいのか、と、僕は勝手に思い、本気で腹を立てた。「すぐに訊いてきて」という僕の声を聞くと、看護師さんは走って出て行った。とんでもない大声だったと思う。

先生とはすぐに連絡が取れ、すぐに許可を出してもらえた。でも、これは僕の判断ミスだった。血糖値が上がることで、足の痛みに対する意識は戻ったのに、話せるようにまでは戻らない。後で聞いた説明では、この時点での意識混濁は低血糖だけでなく、アンモニアや腎不全も要因になっていたようだ。追加のブドウ糖は、妻を苦しめただけで、誰にもメリットはなかったということになる。それでも、しばらく経って、娘が孫たちを連れてきた時には、孫が分かったようで、妻は嬉しそうな顔をしていた。

昼過ぎになると、また、病室は、妻と僕と息子の三人になった。

午後三時、少し眠くなったので、付き添い用の簡易ベッドに横になった。ほんの短い時間だったが、夢を見た。妻の車椅子を僕が押している。その夢を見て、今まであった頭の中の靄が、すっと晴れて行くのを感じた。

四日前、救急車でやってきた夜、「今夜逝ってもおかしくないから覚悟して」と言われて以来、ずっと妻が死ぬことばかり考えていた。妻がいなくなると想像するだけで何度も僕は吐き気に襲われた。

でも、夢の中で、車椅子に座って笑っている妻を見て、なぜ自分は、妻が死ぬことを一番目の選択肢として考えていたのだろうと、急に不思議に思えた。昨夜の七時間の闘いから生還した妻を、死ぬと僕が決めつけるのは、妻に失礼な話だ。退院できたら、妻は車いす生活になるし、腎臓の数値の悪化から考えれば透析も始まるだろうが、僕が全力でサポートすればいいだけじゃないか。

今まで、妻は全ての時間を家族に使ってきたけれど、僕は妻に甘えて、自分のしたいことばかりをしてきて幸せだった。残りの時間は全部妻のために使えば、僕はさらに幸せになれる。なぜだか急にそんなふうに思えて、少しも悲しくなくなった。

僕がベッドから起き上がると、今度は息子が「ちょっと限界が来た。一度家に戻って、息子を風呂に入れてくる」と言って帰宅した。暮れ始めた柔らかな光の入る病室で、僕は妻と二人きりになった。

妻の手を握って、今、見た夢の話、僕の気持ちを何度も繰り返し妻に話した。妻は目を開いて、ずっと僕の顔を見ている。本当のところはどうか分からないのだけれど、僕の声は届いているはずだと感じた。

しばらくすると、夜勤の看護師さんがやってきた。二十三歳だという男性看護師は、とても理解の早い人で、僕が要求することの意味を全部わかってくれた。

二人きりの病室で妻に夢中で話しかけていたら、いつの間にか夜九時の消灯時間になった。ちょっと疲れたので、もう一度、横になった。

ふと気づくと、看護師さんが走っている足音が聞こえた。目を開けると看護師さんが妻に声をかけている所だった。計器を見て、数値が下がっているのがわかった。

看護師さんが「ちょっと痰を吸引してみます」と言って、処置を始めた。僕は付き添い用のベッドに座ってぼんやりとその様子を見ていた。なぜ、すぐに妻の手を握りに行かなかったんだろうと思ったのは、何日も経った後のこと。

アラームが鳴り、妻が逝ったとわかった。


土曜日午後十一時、救急車で病院に入ってから、ぴったり九十六時間、妻との四日間は終わってしまった。

看護師さんが「僕の処置がまずかったかもしれません、すみません」と言った。僕には、そんな風に見えなかったので、「ありがとね」と看護師さんに応えた。

父は、ちょっとした手違いがあり、誰にも知られずに一人ぼっちで逝った。だから、今回は、何があっても絶対に妻から離れないと思って四日間を過ごした。ドラマでは、最後の瞬間、ふと意識が戻って…、という場面も多いが、そんなことは起こらず、妻は眠ったまま静かに逝った。妻は昔から「死ぬ時、痛いって思いながら死ぬのは嫌だ」とよく言っていたので、金曜日の夜の激痛を越えさせてくれたことを天に感謝した。

息子に連絡して妻の服を持ってきてもらい、看護士さんに着替えをしてもらった。息子が持ってきた服は、いつも着ていた普段着だった。

「探したけど、お母さん、よそ行きの良い服を全然持ってない」

家族のためなら惜しげもなくお金を使うのに、自分のものはなかなか買わない人だった。


苦しさの皺が消えていた。

むくみが引くと顔のたるみも消えていた。

妻の顔は一時間で十歳以上若返っていた。

こんなに綺麗な人と僕は夫婦だったんだと改めて知った。

娘が最後のメイクをしたいと看護師さんに申し出て、退院の支度は整った。先生と看護士さんに見送られ、病院を後にした。

僕を救うために、午後三時の夢に、にこにこ笑いながら出てきてくれたのかなあ、などと、とりとめもないことを考えながら、日曜日の午前一時、妻と一緒に帰宅した。玄関を開け、妻の代わりに「ただいま」と声に出してみた。

雨が少しだけ降っていた。

少しだけ動いた指

少しだけ動いた指がサインだと思い込もうとしてた病室
スプーンに米粒くらい掬い上げ君に最後のハーゲンダッツ
声だけが聴こえ言葉がわからない酸素マスクに邪魔されている
眠らずにただ見つめてた君の顔息を引き取るまで四日間
久々に普段着の君病院を出る永眠の薄化粧して
日曜の未明一緒に帰宅した君はもう苦しんではいない
遺影には九年前の君を選ぶ闘う前の安心の顔

米粒くらいのハーゲンダッツ

あれがハーゲンダッツだって分かっていなかっただろ。だって、米粒くらいの大きさしか口に入れてやれなかったものね。「誤嚥しないようにくれぐれも気をつけて」とドクターに言われたから、だんだん慎重になって、スプーンひとすくいが米粒みたいに小さくなっちゃった。そもそも今まで僕たち、ハーゲンダッツのアイスクリームなんて、もったいなくて買えなかったから、僕だって、味、知らないし。

君が遠慮がちに酸素マスクの中で「アイス、食べたいなあ」って言うから、あわてて病院の売店に行ったら、いつも買う百円のアイスとハーゲンダッツのミニカップが並んでた。どちらを買うかは迷わなかったよ。

三十五年前、四歳になったみいちゃんが発症した時、君は仕事を辞めたかったはずなのに、「治療法が見つかった時にきっとお金がたくさん必要になるから」と、結局最後まで教員と家事子育ての二刀流をやり通した。「自分の病気の子をほっといて、なぜ他の子の面倒を見なくちゃいけないんだろう」って時々言ってた君の小さな声はちゃんと僕の耳に届いてたよ。

もう目覚めない君と病院から一緒に帰宅した時、いつもの服しか着せられなかった。探したけど、新しい服が見つからなかったんだ。

新しい服をあんまり着てないのは知っていたけど、荷物の整理をしながら、君の持ってた服の数があまりに少ないことに改めて驚いた。

本当は、若い時から頑張った甲斐があって貯金できてたから、ハーゲンダッツなんて、パイントだって余裕で買えるようになってたでしょ。なのに、今度は孫にいろいろ買ってやりたいからって、自分の物は何も買わなかったね。だけど死んじゃったら、なんにも買えないんだよ。孫のランドセルを選ぶのを楽しみにしてたのに、入学式の写真にも入れないじゃん。働いて働いて、始末して始末して、やっと建てたばかりの家にも、まだ、ちっとも住んでないじゃん。

君が逝ってから四十九日の今日まで、僕は君が可哀想で仕方がなかった。なんて、君が聞いたら、また叱られるよなあ。「可哀想とか言ってないで、少しは寂しがってよ」って。

妹が、ハーゲンダッツの引換券を一枚仏壇に供えていってくれたよ。僕がブログに書いた君との思い出の記事を読んだんだって。今度の日曜、引き換えてくるね。君にはあげられないから僕が全部いただくけど。

私は私の人生を

増田康子

私の人生は小さくはかない
私は有名でもなく
大きな仕事をして
みなをびっくりさせたのでもない
しかし私の中では
ささやかな幸せや楽しみを
毎日積み重ねた
二人の子を生み育てた
真面目に力の限り仕事を務めた
母と向き合い
介護に真心をつくした
友達を大切に思い
友達からも大切にされた
私は私の人生を
力いっぱい生きた
私を大切に思ってくれる人たちの
心の中にだけ少しでも
残ることができたのならば
私はうれしい
それが私の幸せ
それが私の喜び

ばあばはお空へ行ったの

七分咲きの桜の枝が少しだけ揺れる
陽ざしがやさしい公園までの道を
息子と手を繋ぎ歩く二歳の孫に
遠慮がちにモンシロチョウがついてくる
「この蝶々は、きっとばあばだよ」
息子の言葉に孫は振り返り
嬉しそうに蝶々に手を振った

毎朝、孫を抱いて私の部屋に来ると
息子は君の遺影に手を合わせる
横で孫も目を瞑り手を合わせる
「この子が大きくなる頃には
　ばあばのことは忘れちゃうよ」
そう言う私に
「僕が絶対に忘れさせない」
と息子の口調が少し強くなる
誰かが覚えていてくれたなら
寿命が尽きることはないのだろうか

ばあばはお空へ行ったの
孫がそう教えてくれたと
保育園の先生から聞いた

これも息子の口癖らしい
骨折した足の治療をしないまま
君は逝ってしまったけれど
雲の絨毯の上なら一人でも歩けるよね
出会ってから四十一回目の桜は
空からどんな風に見えていますか
僕は知らぬ間に空に手を振っていた
君が先に僕を見つけた時は必ず
どんなに遠くにいてもにっこり笑って
僕に手を振ってくれていたからかな

七分咲きの桜の枝がもう一度揺れる
私を追い越し舞ってゆく花びらの中
手を振るようにひらひらと
モンシロチョウが昇っていった空は
孫のランドセルはこんな色がいいなと
君が言っていたやわらかな青

掲載・受賞等

『糸でんわ』
文芸やいづ第十三号奨励賞

『泣く音』
文芸やいづ第二十号奨励賞

『桜の川』
文芸やいづ第十五号奨励賞

『せんたくものがよく乾く』
静岡新聞新春読者文芸　詩三席

『セ』
文芸やいづ第三十三号奨励賞

『在るはずの』
静岡新聞新春読者文芸　詩三席

『おだやかな一日』
文芸やいづ第五号奨励賞

『悲しみ』
死に向かい合った私作品集掲載

『迷いのカプセル』
文芸やいづ第二号奨励賞

『もう少し生きてから』
文芸やいづ第三号入選

『牛を見る人』
文芸やいづ第十七号奨励賞

『長寿』
静岡新聞新春読者文芸　詩一位

『生きてください』
第十一回芥川龍之介恋文大賞一宮町長賞

『ばあばはお空へ行ったの』
第二十五回「家族の絆　愛の詩」佳作

作曲

仁保　康　『季節の小箱』
『しゃぼん玉とんだ』

長　倫生　『おだやかな一日』
『また明日』

高橋明美　『やさしい雨になるまで』
（日本女性作曲家連盟「第2回あなたにメロディを」）

永沢修一　『迷いのカプセル』

増田浩二　『ここへおいで』
『星がここまで降りてきたから』
『陽ざしがこんなに温かい』
『ハートライン』
『十月二十日』
『光のしずく』
『命のすべて』
『遠く離れて』
『Merry Christmas Darlin'』
『なきうさぎ88』
『いちばん大事なこと』
『いつか、また』
（志太こどもミュージカルアンコール曲 2019 2021 2023）
『朝風』

著者
増田浩二（ますだこうじ）
『赤頭巾ちゃん秘密だよ』（三浦友和と仲間たち）原作詞
『あなたにとどけたい』（景三バンド・ミッドナイト東海テーマソング）原作詞
第十八回「雷」俳句・川柳コンテスト川柳部門　大賞

表紙イラスト・挿絵
増田公美

表紙デザイン
河島秀美

季節の小箱　第二集　命のすべて

2025 年 1 月 20 日　発行

著者　　増田浩二　増田康子
発行者　　増田浩二
発売元　　静岡新聞社　〒 422-8033 静岡市駿河区登呂 3-1-1　TEL054-284-1666
印刷製本　　藤原印刷
ISBN978-4-7838-8097-4